Ne mange pas ça !

Veronika Martenova Charles
Illustrations de David Parkins

Traduction de Michèle Morin
Consultation pour l'édition française : Chantal Soucy

D1213547

POUR L'ÉDITION FRANÇAISE AU CANADA

Charge de projet
Première édition enr.

Révision linguistique
Claire St-Onge

Correction d'épreuves
Isabelle Rolland

Coordination aux réalisations graphiques
Sylvie Piotte

Mise en page
Infographie DN

Par souci d'environnement, ce livret est imprimé sur du papier contenant 100 % de fibres recyclées postconsommation, fabriqué au Québec, certifié Éco-Logo, traité avec un procédé sans chlore et fabriqué à partir d'énergie biogaz.

Recyclé
Contribue à l'utilisation responsable des ressources forestières
www.fsc.org Cert no. SGS-COC-003153
© 1996 Forest Stewardship Council
FSC

Cet ouvrage est une adaptation française de *Don't Eat That!*, collection *Easy-to-Read Spooky Tales*, texte de Veronika Martenova Charles © 2008, publié par Tundra Books, Toronto (Canada) et par Tundra Books of Northern New York, Plattsburg (USA). ISBN 978-0-88776-857-6

© ÉDITIONS DU RENOUVEAU PÉDAGOGIQUE INC., 2009,
pour l'édition française au Canada.

Dépôt légal – Bibliothèque et Archives nationales du Québec, 2009
Dépôt légal – Bibliothèque et Archives Canada, 2009

Imprimé au Canada
ISBN 978-2-7613-2738-1

1234567890 EM 09
13106   ENV14

TABLE DES MATIÈRES

DANS LE JARDIN

Partie I

— J'ai une tâche pour toi aujourd'hui,
dit maman.

— Mais Léon et Marcos s'en viennent,
dis-je.

— Ils t'attendront, réplique maman.

— Bon, qu'est-ce que je dois faire ?

— Tondre le gazon.
Je t'apporte la tondeuse.

J'attends dans le jardin, sous le cerisier.
Les cerises sont rouges et bien mûres.

Je vais en cueillir une
quand maman me crie :

— Ne mange pas ça !

Et elle me remet la tondeuse.

Léon et Marcos arrivent.

— Attendez-moi, dis-je.
Ce ne sera pas long.

Marcos va cueillir une cerise.
Je lui crie :

— Ne mange pas ça !

— Pourquoi ? demande Marcos.

— Je ne sais pas. Maman m'a interdit
d'en manger.

— Je sais pourquoi, dit Léon. C'est parce
que ce cerisier pourrait être habité par
une petite créature. Cette créature
pourrait se jeter sur toi et te faire
rétrécir jusqu'à ce que tu aies la taille
d'un bébé.

J'arrête la tondeuse et je crie :

— Quoi ?

— Bon, dit Léon.
Je vais vous raconter une histoire.

★

LE FIGUIER

(L'histoire de Léon)

Il était une fois un garçon appelé Daku.
Sa tribu habitait dans la savane.
Chaque fois que Daku
partait chasser avec ses amis,
sa grand-mère lui disait :

— Ne mange pas de figues !

Selon elle, les figuiers étaient habités
par des créatures maléfiques.

Ces créatures attrapaient les gens,
elles les avalaient et les recrachaient.
Puis elles recommençaient,
encore et encore.
D'une fois à l'autre, les gens rapetissaient
de plus en plus, jusqu'à devenir,
eux aussi, de petites créatures.

Daku riait de ces histoires.

— Ces créatures n'existent pas,
disait-il à ses amis.
Grand-mère cherche simplement
à me faire peur pour que j'obéisse.

Un jour, Daku et ses amis chassaient
loin du campement de leur tribu.
Ils avaient chaud et soif.
À quelques mètres d'eux,
il y avait un gros figuier
lourd de fruits.

— Regardez ! a dit Daku.
Allons manger quelques figues !

— Pas question, ont répondu ses amis.
Le sommet de cet arbre
est peut-être habité par une créature.
Nous rentrons à la maison.

« Tant pis pour eux, se disait Daku.
À moi toutes les figues ! »
Daku s'est approché du figuier.
Il a cueilli quelques figues et il les a mangées.
Elles étaient juteuses et sucrées.

POUF !
Quelque chose a atterri
sur le dos de Daku.
Daku est tombé par terre.
Une créature rouge avec une tête énorme
le dévorait des yeux.
Ses doigts et ses orteils
étaient munis de ventouses.
Avant que Daku ait pu fuir,
la créature s'est jetée sur lui.
Daku a ressenti une grande douleur
dans tout son corps.
Il était trop faible pour résister.

La créature a ouvert sa mâchoire
sans dents.
Elle a avalé Daku tout rond
et elle l'a recraché quelques secondes après.

Daku était étourdi. Il se sentait mal.
Soudain, il s'est rappelé
d'autres paroles de sa grand-mère :
« Ces créatures n'avalent
que les êtres vivants. »
Daku a fermé les yeux
et il a fait le mort.

La créature lui tournait autour
et elle le poussait avec le bout d'un bâton.
Daku ne bougeait pas.
Il est resté immobile jusqu'à la nuit.
À ce moment, la créature l'a laissé et
elle est remontée au sommet du figuier.

Aussitôt, Daku a bondi
et il a couru jusqu'au campement.

— Que s'est-il passé ?
lui a demandé sa grand-mère.
Tu as mangé des figues, c'est ça ?

— Comment le sais-tu ?

— Tu es plus petit, voilà tout.
Tu es chanceux d'avoir pu t'enfuir.
La prochaine fois, suis mes conseils.

Et c'est ce que Daku a fait par la suite.

— Oh là là ! dit Marcos.
Est-ce que Daku est retourné
à l'école, vu sa petite taille ?

— Daku était un chasseur, dit Léon.
Il n'allait pas à l'école.

— Je me demande s'il a pu retrouver
sa taille normale, dis-je.

— Peut-être, à condition d'éviter
les figuiers, dit Marcos.

— Je sais pourquoi il ne faut pas manger
ces cerises, dis-je.

Si nous les mangeons,
nous risquons de nous changer
en perroquets ou en ânes.

— Comment ça ? demande Léon.

— Écoutez bien mon histoire…

LA TEMPÊTE

(Mon histoire)

Antoine et Benoît étaient frères.
Un jour, en fin d'après-midi,
ils sont allés rendre visite à leur tante,
dans le village voisin.
Soudain, une tempête a éclaté.
Les garçons ont aperçu une chaumière
au bord de la route.
La porte était ouverte.

Deux gros chiens sont accourus
dans l'entrée en jappant.
Puis deux femmes sont arrivées.

— N'ayez pas peur, ont-elles dit
en rappelant les chiens.

Les garçons trouvaient
que les femmes avaient l'air gentilles.

— Pouvons-nous passer la nuit ici,
s'il vous plaît ? a demandé Antoine.

— Oui, ont répondu les femmes.
Entrez prendre une bouchée.

Une fois assis à table,
Benoît a remarqué une chose étrange.
Une des deux femmes brassait
la soupe bouillante avec ses doigts,
tandis que l'autre
sortait le pain du four
à mains nues !

Benoît était terrifié.

« Ces femmes sont des sorcières »,
pensait-il.

Les femmes ont mis la soupe et le pain
devant les garçons.

— Ne mange pas ça !
a murmuré Benoît à Antoine.

— Je crois que nous devrions partir,
a dit Benoît en repoussant la nourriture.

— Mais non, a dit une des femmes.
La tempête ne fait qu'empirer.
Vous allez rester, a-t-elle ajouté,
menaçante.

Elle a claqué des doigts
et les chiens ont bloqué la sortie.

— Vous mangerez demain matin,
a dit la femme.

Antoine et Benoît sont montés se coucher,
mais ils n'ont pas dormi.
Durant la nuit, ils ont guetté
les femmes entre les barreaux
de la rampe.

Vers minuit,
l'une d'elles a ouvert la porte
et elle a fait sortir les chiens.

— Allez chercher ! a-t-elle ordonné
aux chiens.

Peu après, quatre ânes
sont entrés dans la chaumière.

Les femmes leur ont ôté leur selle
et les ânes se sont changés en hommes.
Les horribles chiens montaient la garde
pendant que les hommes transportaient
de l'eau et coupaient du bois.

Puis, les hommes ont mangé
la soupe et le pain. À chaque bouchée,
ils ressemblaient davantage à des ânes.
Ensuite, les femmes leur ont remis
leur selle et les chiens ont ramené
les ânes à l'étable.

Au matin, les femmes ont mis
de la soupe et du pain sur la table.

— Mangez avant de partir,
ont-elles ordonné.

— Nous avons pris du retard, a dit Benoît.

— Nous mangerons tout cela en route,
a dit Antoine.

— D'accord, ont dit les femmes
en leur donnant la nourriture.

Les chiens ont suivi les garçons
à l'extérieur.

— Merci pour la nourriture,
ont dit les garçons.

Et ils se sont mis à courir,
poursuivis par les chiens.

Les garçons couraient très vite,
mais les chiens les rattrapaient.

— Le pain ! a crié Benoît à Antoine.
Jette-le aux chiens !

Aussitôt dit, aussitôt fait !

Antoine et Benoît ont regardé derrière.
Les chiens avaient mangé le pain
et ils s'étaient transformés en ânes.

— Heureusement que nous n'avons pas
mangé ça ! ont dit les deux frères.

Ils ont couru ainsi
jusqu'au village de leur tante.
Puis ils sont rentrés chez eux
par un autre chemin.

— Je me demande ce que pouvait
bien contenir ce pain, dit Marcos.

— Selon moi, les sorcières
y avaient mis une potion, dis-je.
Elles avaient aussi une potion pour
changer les gens en porcs et en poulets.

— Je parie que ta mère t'a interdit
de manger ces cerises
parce qu'elle va te faire
des crêpes aux cerises, dit Marcos.
Voulez-vous entendre l'histoire
d'une fille à qui on avait interdit
de manger des crêpes ?

MAÎTRE LOUP

(L'histoire de Marcos)

Il était une fois une petite fille
nommée Bella.
Un jour, Bella a demandé à sa mère
de lui faire des crêpes.
Hélas ! sa mère était si pauvre
qu'elle n'avait même pas une poêle.

— Va demander à Maître Loup
de nous prêter sa poêle, a dit la mère.

Bella s'est donc rendue chez Maître Loup.

— Que veux-tu ? lui a demandé
Maître loup.

— Maman m'envoie emprunter
votre poêle, a dit Bella.

Maître Loup a ouvert sa porte
et il lui a donné la poêle.

— Dis à ta mère de me la retourner
remplie de crêpes, a dit Maître loup.

De retour à la maison,
Bella a répété à sa mère
les paroles de Maître Loup.
La mère a donc fait deux piles de crêpes :
une pour Bella et une pour Maître Loup.

Quand Bella a eu fini de manger
ses crêpes, sa mère lui a dit :

— À présent, rapporte
cette poêle de crêpes à Maître Loup,
mais n'en mange pas !

En chemin,

Bella a senti les crêpes.

« Elles sentent vraiment bon !

se disait-elle.

Tant pis, j'en mange une. »

Bella a mangé une crêpe, puis une autre.

Et elle a fini par les manger toutes.

Bella a alors pris de la boue.
Elle a fabriqué
une pile de galettes de boue.
Arrivée chez Maître Loup,
elle lui a donné ses galettes.
Maître Loup en a croqué une.

— *POUAH !* s'est écrié
Maître loup en la recrachant.
Qu'est-ce que c'est ?

Maître loup a regardé Bella et il lui a dit :

— Cette nuit, je vais te punir.

Bella a couru répéter les paroles
de Maître Loup à sa mère.

La mère a bloqué toutes les fenêtres
et toutes les portes. Mais elle n'a pas
bloqué la cheminée.

La nuit venue,
couchée dans son lit,
Bella a entendu Maître Loup
qui la menaçait :

— Je vais te punir.
Je suis dehors, tout près !

Puis, Bella a entendu
des pas lourds sur le toit.
Elle s'est cachée sous les couvertures.

— Je vais te punir.
Je suis dans la cheminée !
grondait Maître Loup.

Bella s'est blottie dans un coin.

— Je vais te punir.
Je suis dans ta chambre !

Bella retenait son souffle.

— Maintenant, je suis près de ton lit…

DANS LE JARDIN

Partie 2

— Léon ! s'écrie Marcos.
Tu n'écoutes pas.
Que fais-tu ?

Léon est sous l'arbre.
Il écrase du pied
les cerises tombées par terre.

— Regardez ! Les cerises bougent !
s'écrie-t-il.

Nous allons voir.

Léon a raison.

Les cerises bougent
parce qu'elles sont pleines de vers !
Ils sont blancs et dodus
et ils se tortillent.

— Ça ne va pas ? dis-je à Marcos.

— Je vais vomir, répond Marcos.

— Il a mangé des cerises pendant que tu tondais le gazon, me dit Léon.

Maman est de retour.

— Tu n'as pas fini ? dit-elle.
Tu en mets du temps !

— Léon ne se sent pas bien, dis-je.
Il a mangé des cerises
qui contenaient des vers.

— J'aurais dû te parler
de ces vers, dit maman.
Mais je n'ai pas cru nécessaire
de le faire.
Je vous ai préparé un goûter.
Vous venez ?

— Merci maman, mais pour l'instant,
nous n'avons pas très faim…

CONCLUSION

À ton avis, que s'est-il passé

ensuite dans l'histoire de *Maître Loup* ?

Comment Bella aurait-elle pu se sauver ?

Pouvait-elle arranger les choses ?

Quelle solution pouvait-elle proposer ?

Amuse-toi à inventer la fin

de l'histoire.

L'ORIGINE DES HISTOIRES

Il existe de nombreux contes populaires dans lesquels le héros est prévenu de ne pas manger certains aliments, surtout des fruits.

Le figuier s'inspire d'une légende de vampires australienne.

La tempête vient d'Europe de l'Est, et *Maître Loup* s'inspire d'un conte populaire italien. L'histoire des cerises pleines de vers est une mésaventure de mon enfance. Et je ne suis pas prête de l'oublier !